这本《自然故事》属于：

献给萨莉、休和同路人
——克莱尔·萨克斯比
带着爱意献给简·斯潘塞和保罗·米勒
——格雷厄姆·伯恩

图书在版编目（CIP）数据

鸸鹋爸爸 / （澳）克莱尔·萨克斯比著 ；（澳）格雷厄姆·伯恩绘 ；于特译. -- 福州 ：海峡书局，2023.6
（自然故事．亲子时光）
ISBN 978-7-5567-1079-9

Ⅰ. ①鸸… Ⅱ. ①克… ②格… ③于… Ⅲ. ①儿童故事-图画故事-澳大利亚-现代 Ⅳ. ①I611.85

中国国家版本馆CIP数据核字(2023)第080314号

著作权合同登记号 图字：13-2023-054

浪花朵朵

鸸鹋爸爸

[澳]克莱尔·萨克斯比　著
[澳]格雷厄姆·伯恩　绘
于特　译

海峡出版发行集团 | 海峡书局
THE STRAITS PUBLISHING & DISTRIBUTING GROUP

在林间的开阔地带，桉树环绕着的茂密草地上，有一个巢穴正沐浴着蜜色的阳光。那是鸸鹋爸爸的栖息地。此时，他的身下有8个暗绿色的蛋。没错，是他。在鸸鹋的世界里，照顾雏鸟是爸爸分内的事。

鸸鹋站起来和一个成年人差不多高，体重可达35～40千克。和大多数鸟不一样，鸸鹋不会飞，所以它们衔来树叶和树枝，把巢建在地上。鸸鹋的巢穴一般建在视野开阔、可以清楚看到周围树林的地方，不同鸸鹋的巢穴会彼此远离。

雄性鸸鹋在地上建好巢穴，把叶子铺衬在里面。接下来，一只雌性鸸鹋向雄性鸸鹋求爱，他俩一起唱歌、跳舞，互相示爱。此刻，雌性鸸鹋就趴在雄性鸸鹋的身旁，她产下最后一个蛋，然后离开了。

雄性鸸鹋成为爸爸，他把所有的蛋拨拢到身下，小心翼翼地坐在上面。像发丝一样柔软的羽毛盖在蛋上，为蛋保温。鸸鹋蛋大而坚硬，但如果离开鸸鹋爸爸的照顾，还是无法存活到小鸸鹋孵化出来的那一刻。

雌性鸸鹋只负责产蛋，孵蛋和养育雏鸟的事跟她一点关系都没有。

无论晴天霜冻，还是刮风下雨，鸸鹋爸爸都在守护蛋宝宝。他会在巢穴里度过漫长的8周，其间几乎不会离开巢穴去觅食和饮水。

不远处，另一对鸸鹋正在跳着求爱之舞，他们求偶的歌声在林间回荡。鸸鹋爸爸没把他们放在心上，因为他们会把巢穴建在离这儿很远的地方，并不会对他的生活造成什么威胁。

雄性鸸鹋通过减少活动来降低新陈代谢的速率，以便挺过这个不吃不喝的漫长时期。这种做法和一些动物在严寒的冬天里冬眠有些类似。尽管如此，鸸鹋在孵蛋期间体重也要降10千克左右。

鸸鹋蛋要一直保持温暖，也要时刻被看护着，稍有疏忽，就会被巨蜥、澳洲野犬、鹰等捕食者吃掉。

鸸鹋爸爸看上去昏昏欲睡，其实他并没有睡觉。今天天气异常暖和，动物从冬眠中苏醒，开始活动。一只巨蜥正在靠近，鸸鹋爸爸警觉起来。这只巨蜥曾偷走他守护的蛋，但这事儿今天肯定不会再发生。鸸鹋爸爸紧盯着巨蜥，直到她掉转方向离开。玫瑰鹦鹉走来走去，然后拍着翅膀飞向空中。

“吱吱，吱吱。”一个新的声音加入了森林合唱团。鸸鹋爸爸听到雏鸟那轻柔的叫声从一个蛋里传来，他明白等待很快就要结束了。

最早响起的雏鸟的叫声会唤醒其余那些蛋里的雏鸟，它们会在几天之内相继出壳。有些鸸鹋雏鸟会在春天出壳，但对于鸸鹋来说，冬末才是适宜的孵化时段。

在接下来的一周里，第一批蛋开始晃动，雏鸟啄开蛋壳，眨动着眼睛来到了这个崭新的世界。

鸸鹋雏鸟身材瘦长，脑袋上长着斑点，身上布满纵条纹，很快就开始在林间四处走动了。

虽然刚孵化的鸸鹋个头要比刚出壳的家养小鸡大很多，但它们和小鸡一样脆弱。未能成功孵化的蛋会被遗弃，可能被蜥蜴或鸟吃掉。

雏鸟身上醒目的巧克力色和奶油色相间的条纹从颈部一直延伸到尾部，成为有效的伪装，这样它们就能够隐藏在草丛中了。

鸸鹋爸爸在巢穴里待了这么久，他饿极了。他带领着满身条纹的雏鸟翻找、啄食，享受与他们一起觅食的第一餐。

鸸鹋爸爸的辛苦才刚刚开始。此时的雏鸟不过成人的拳头大，虽然长得很快，但他们晚上依旧需要依偎在爸爸身边取暖。不仅如此，鸸鹋爸爸还要负责保护他们，教他们生存技能。森林为他们提供食物和藏身之处，但也暗藏危险。

只在极少数情况下，鸸鹋会直接喂养雏鸟。通常来说，雏鸟需要自己觅食。鸸鹋的食谱里有水果、嫩芽、种子和昆虫。

鸸鹋雏鸟四处闲逛，对一切都充满好奇。天色渐暗，他们该回家了。澳洲野犬的嚎叫声响起，鸸鹋爸爸尖叫着发出警报，雏鸟马上蹲伏在地上，一动不动。他们隐藏在茂密的草丛中不见了踪影。

鸸鹋爸爸四处张望，侧耳倾听，澳洲野犬的嚎叫声再次响起，不过听起来离他们更远些了。尽管如此，鸸鹋爸爸还是把雏鸟召集到一起，带着他们赶紧去往安全的地方。

鸸鹋只有在无路可逃的时候才会战斗。它们用坚硬的鸟喙啄敌人，用长有尖爪的脚踢敌人。不过，鸸鹋跑得快，奔跑速度能达到每小时50～70千米，大多数捕食者都追不上它们。

冬天终于离去，春天如约而至。微风吹拂，树叶、草叶绿了，香甜的花儿开了。雏鸟的条纹褪去，换成了泥巴颜色的羽毛。

在寻找食物和探险的时候，他们可以逛到远一些的地方了。鸸鹋爸爸密切留意着地面和天空，防止可能的危险靠近。

大约长到4个月大时，雏鸟会逐渐褪去第一身羽毛，几个月后，成年的羽毛才能完全长出来。

鹰在草地上空盘旋，投下可怕的影子。鸸鹋爸爸带领雏鸟按照“之”字形的路线快速穿过草地，冲向树林的安全地带。雏鸟紧紧跟在爸爸身后，就像玩“老鹰捉小鸡”游戏时的“小鸡”那样。

鸸鹋用按“之”字形路线奔跑的方法来迷惑捕食者。方向的不断改变不仅影响潜在攻击者的速度，而且使它们无法瞄准。

落在最后的鸸鹋雏鸟尖叫起来，在鹰翅的影子里左突右冲，鹰向他俯冲过来，然而，鸸鹋爸爸抢先护住了雏鸟。鸸鹋爸爸咕噜咕噜叫着，伸直脖子冲向鹰，他的尖喙和利爪是相当难对付的武器。

听到鸸鹋爸爸发出的刺耳叫声，看到他浑身的羽毛竖起，已做好战斗准备，鹰撤退了，以免遭受猛烈的攻击。

鸸鹋必须时刻警惕危险。一顿鸸鹋雏鸟大餐实在可贵，捕食者可不愿轻易放弃。

现在小鸸鹋的外表已经和鸸鹋爸爸一样了，身高也快追上他了。不过，他们仍未成年，还没有做好独自生存的准备。

在那一天来临之前，鸸鹋爸爸会一直和他们待在一起。

大约6个月大时，小鸸鹋就完全长大了，它们通常会和家人一起再生活6个月，之后才会在繁殖季里寻找伴侣，建立家庭。

关于鸸鹋

鸸鹋是生活在澳大利亚的一种不会飞的大型鸟类。在所有鸟类中，只有鸵鸟的体形比鸸鹋大。鸸鹋的脚有三趾，脚长14～17厘米，和小号的成人手的长度差不多。它们的翅膀很短，不能用来飞翔，不过在奔跑时，翅膀周围能形成气流，这有助于鸸鹋散热。

鸸鹋喜欢在人烟稀少的地方生活，只要靠近水源，就能适应各种栖息地。它们四处觅食，主要吃植物和昆虫。鸸鹋一般独居，但会成群结队去寻找新的水源。它们的好奇心很强。

索引

你可以使用索引表查询鸸鹋的相关知识。

书中有两种字体，这种和这种，都要阅读哟！

去年，河狸的确在那儿筑了巢，
不过，现在它可是……

水獭的窝了！

水獭经常会把河狸、麝鼠或土拨鼠弃置的巢穴拿来用，只要在地上部分添个入口就修整妥当了。
水獭属于鼬科，这个家族有黄鼬、水貂、獾和貂熊等。

现在是春天，在用苔藓、树叶和草铺就的窝里，三只刚出生的水獭宝宝吮吸着妈妈的乳头，喝着温热的营养丰富的乳汁。

水獭幼崽刚出生时双眼紧闭，没有牙齿，体重约55克，大小和一块巧克力差不多，它们要靠母乳喂养。

水獭宝宝五周大时，
第一次睁开了双眼！

他们能看见了！

雌性水獭长到两岁时可以生育后代，一次能产下1~6只幼崽。幼崽出生后，大部分种类的雌性水獭都会赶走自己的伴侣。

又一个月过去了，水獭妈妈带着三只小水獭
爬出巢穴，出来玩。

水獭喜欢玩耍！

他们跳跃，翻跟头，相互扑来扑去。
他们轻咬对方的耳朵，扭打成一团，滚来滚去。

他们追逐打闹，玩捉迷藏，
比赛看谁跑得快。

两只小水獭各自咬住树枝的一端，

一场拔河比赛开始了！

玩耍真有趣，但水獭可不是单纯在玩乐。对小水獭而言，玩耍有助于提升它们捕猎时所需的速度和敏捷性。水獭一起玩耍还能增进家庭成员间的感情。

小水獭毛茸茸的“外套”已经长好，
这身外套能防水，他们已经为游泳课
做好准备了。

水獭妈妈叼住小水獭后颈处的皮毛，
把他们带到河岸边，直接扔进了水里。

啪——哗啦！

待在水里非常好玩。

水獭妈妈背着小水獭沿河朝下游游去。

之后她开始教小水獭游泳的方法。

她托着小水獭浮出水面，他们排成一队紧紧跟随妈妈，

有模有样地学着妈妈的动作。

水獭长着带蹼的脚，用后肢和尾巴打水，游动起来时身体像波浪一样起伏，姿态十分优雅。

水獭每小时能游11千米，比奥运会上的游泳选手游得还快！

几天之内，
小水獭就成了水里的
“杂技演员”，
他们优雅地转向、翻转，
飞快地游来游去。

他们爬上倾斜的泥岸，然后从上面滑——

下来，落入水里，

啪——哗啦！

一次又一次，乐此不疲。

夏天接近尾声，水獭妈妈已经教会小水獭如何利用锋利的牙齿捕小鱼，如何在岩石间、淤泥中戳来戳去，寻找青蛙、淡水螯虾、乌龟和蛇。

水獭的胡须细长且敏感，它们在河底或岩石缝觅食的时候，就用胡须感知猎物。

水獭主要吃鱼，一天的食量差不多相当于自身体重的四分之一。

秋天，树叶变换了颜色，开始掉落。

小水獭快长成大水獭了。

水獭除了嬉闹和捕食，也会抽空在巢穴附近做气味标记，以警告入侵者远离。

三只小水獭跳进落叶堆中，有一只突然钻了出来，前掌握着一颗鹅卵石。他翻过身仰面躺着，用两只前掌把鹅卵石抛过来抛过去。

白天渐渐变短，黑夜渐渐变长，终于有一天，
强风夹带着白雪呼啸而至，冬天到了。

然而，冬天没能使水獭放慢脚步。
小水獭的皮毛浓密、保暖，

又到了他们玩耍的好时候！

水獭长着浓密、柔软的绒毛，绒毛外面还覆盖一层防水的针毛。
水獭经常在地面、雪里打滚，或在木头上蹭来蹭去，
用这样的方式来梳理皮毛，以保持皮毛的防水性。

小水獭趴着从雪坡滑下……

不过，稍等！

那是什么？

有动物在潜伏。

有动物在窥伺。

水獭妈妈因对小水獭的悉心保护而著称，它们会对试图捕食小水獭的狐狸、猫头鹰、短尾猫、猞猁，在有些地方还有狼，发动猛烈攻击。成年水獭在雪地上连跑带滑，速度非常快，有时甚至能达到每小时29千米。

那是一只狐狸！

水獭妈妈尖叫着，
弓起背，
滑行穿过雪地，
发出可怕的叫声：“嗷——”

狐狸被吓跑了。

整整一个冬天，水獭一家困了，就在窝里蜷缩成一团睡觉。

饿了，就跃入冰冷的水中捕鱼吃。

水獭不冬眠。整个冬天，小水獭都在不停地长身体。成年雌性水獭的体重约是5～10千克，成年雄性水獭能达到14千克。

当春天来临，
已满一岁的小水獭
从窝里冲出来，
飞速地滑下泥坡，

“嗖——”

为什么这么急？

因为水獭
喜欢玩耍！

索引

你可以使用索引表查询水獭的相关知识。

书中有两种字体，这种和这种，都要阅读哟！

这本《自然故事》属于：

献给布莱恩·G. ——马丁·詹金斯

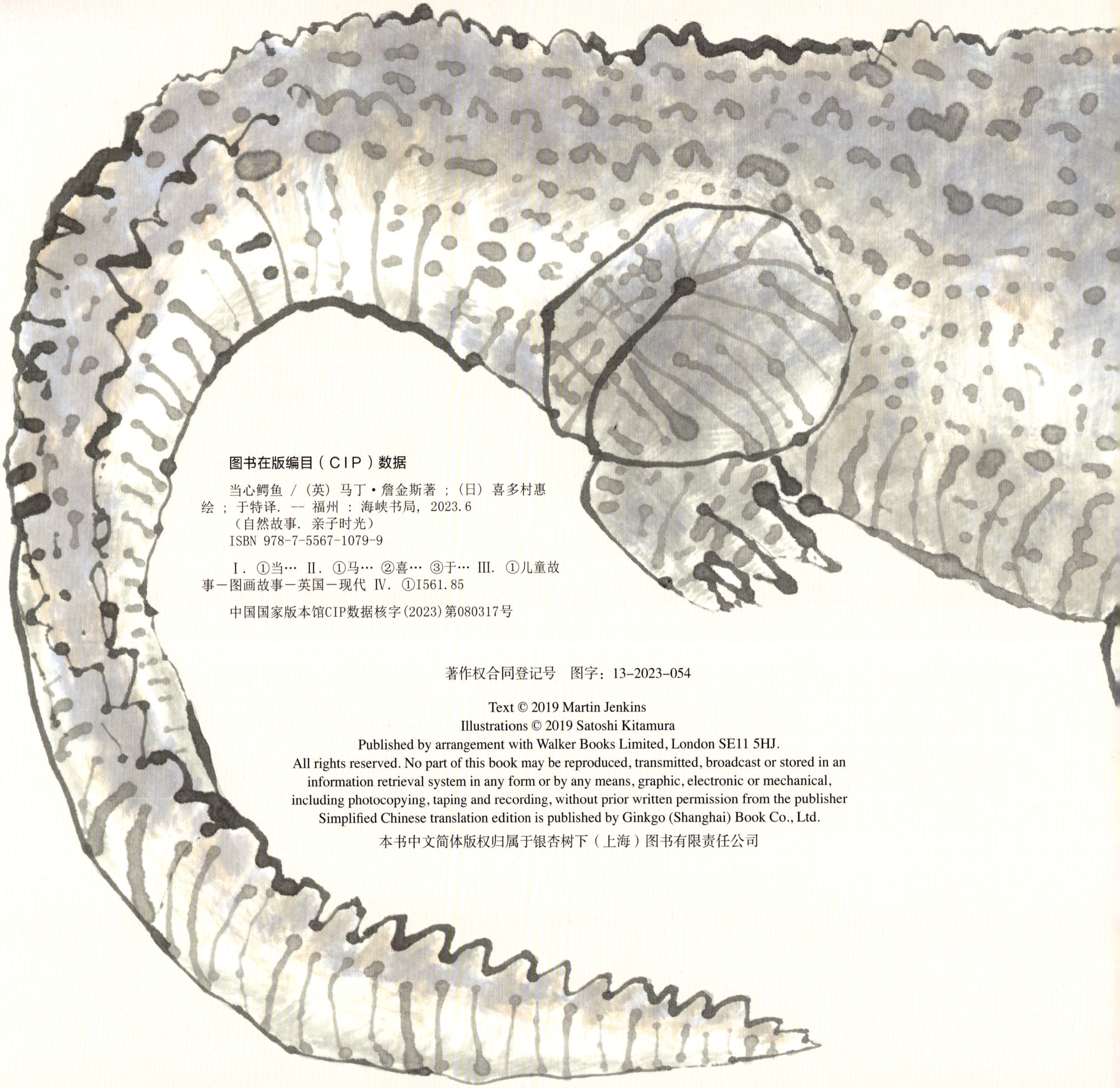

图书在版编目（CIP）数据

当心鳄鱼 /（英）马丁·詹金斯著 ;（日）喜多村惠绘 ; 于特译. -- 福州 : 海峡书局, 2023.6
（自然故事. 亲子时光）
ISBN 978-7-5567-1079-9

Ⅰ. ①当… Ⅱ. ①马… ②喜… ③于… Ⅲ. ①儿童故事－图画故事－英国－现代 Ⅳ. ①I561.85

中国国家版本馆CIP数据核字(2023)第080317号

著作权合同登记号 图字：13-2023-054

浪花朵朵

当心鳄鱼

[英]马丁·詹金斯 著 [日]喜多村惠 绘 于特 译

海峡出版发行集团 THE STRAITS PUBLISHING & DISTRIBUTING GROUP | 海峡书局

鳄鱼最大的特点是它们太吓人了，

至少那些体形大的鳄鱼是这样的。它们长着非常多的……

牙齿。

它们一点儿不挑剔，什么动物都吃，
只要身上长点儿肉的就行。

在追捕猎物准备晚餐的时候，
它们相当坚定，而且狡猾。
河边或湖边那些动物经常出没饮水的地点，
它们掌握得一清二楚。

到了用餐时间，饥饿的鳄鱼先从备选地点中选定一处，然后藏在附近的水里，身体在水面下，只有头顶稍稍露出水面。

迟早会有动物路过这里，
某个身上长点儿肉的动物，
感到口渴了，要在这里喝点水。
那么，接下来？

鳄鱼猛地往岸上一扑，随后溅起一个巨大的水花——

“哗啦！”

然后呢？

接下来发生的事非常残忍。

实在是太残忍了，所以我跳过了那些猎杀的细节不讲，

暂且说经过一阵甩动和摔打，

之后一切恢复平静。

享用完大餐，鳄鱼在一段时间内都不需要再吃东西了。

它悠闲地四处巡游，打发时间，顺便探察有哪些好地方能猎到下一顿大餐，或是找一处沙洲，在上面打个盹儿。

鳄鱼完全不吃东西也能挺上好几周。上一餐的进食量越大，鳄鱼两餐之间的时间间隔就可以越长。

然而，鳄鱼要做的事可不只是这些："哗啦"、打盹儿、甩动、吞咽。

鳄鱼还是非常尽职的父母，或者应该说是尽责的妈妈。（稍后，我们会提到鳄鱼爸爸。）看到这里你会不会很惊讶？

鳄鱼妈妈准备产蛋时，会先收集厚厚一大堆快腐烂的叶子。

一般情况下，一条鳄鱼一次产40~60枚蛋，体形大的鳄鱼一次甚至能产90枚蛋。

然后它在叶子堆顶部挖一个洞，把蛋产在里面，再用叶子盖上。叶子逐渐腐烂，在这个过程中产生的热量使叶子堆升温，这样里面的蛋就时刻处于温暖、舒适的环境中。整个叶子堆好像安装了中央供暖装置一样。

鳄鱼妈妈通过添一些或是拨去一些叶子来调节叶子堆的温度。

在蛋壳里，鳄鱼宝宝正在慢慢发育。跟大多数鸟宝宝一样，鳄鱼宝宝在快孵化前会在壳里“唧唧”叫。这是它们给鳄鱼妈妈发的信号，让妈妈快把叶子堆打开。

然后鳄鱼妈妈小心翼翼地把新孵化的鳄鱼宝宝衔起来，放进它大大的嘴巴里，载它们去附近的水里。

鳄鱼蛋需要80～90天才能孵化。

不过，鳄鱼妈妈现在还不能把鳄鱼宝宝们留在水里不管。

接下来的几周内，它要待在水里，负责保护宝宝们。

很多动物想吃掉鳄鱼宝宝，有鹳、鹭之类的鸟，和蛇、大鱼，

以及——尽管我不想提……

还有其他鳄鱼。它们主要是一些生活在附近的成年鳄鱼，包括鳄鱼宝宝的亲戚——它们的叔叔、姑姑，甚至是……

好了，这会儿你可能已经猜出来，我之前为什么说稍后提到鳄鱼爸爸。

鳄鱼妈妈会尽最大努力去保护鳄鱼宝宝，
但是，大多数鳄鱼宝宝仍然难逃厄运。

幸存的鳄鱼宝宝长呀，

长呀，

通常情况下，鳄鱼宝宝会在两年后长到1米长，再过八年左右体长会达到2米。

长呀。

直到有一天，它们选定一处河岸，潜伏在近旁的水里，只把眼睛和鼻子露出水面……

等待某个动物甚至某个人，路过这里时来喝水。

关于鳄鱼

鳄鱼和蛇、蜥蜴、龟一样，是爬行动物。故事里提到的是生活在咸水里的湾鳄，是真鳄的一种，最大的个体体长能达到10米。它们主要分布在南亚和东南亚、澳大利亚、新几内亚岛、瓦努阿图、所罗门群岛，通常生活在大河河口或沿海湿地，有时也会出海。南美洲、中美洲、北美洲、非洲的一些地方以及加勒比海地区也有这类鳄鱼。

鼍（tuó）和凯门鳄都是真鳄的近亲，鼍有两种，凯门鳄有六种。其中一种鼍（扬子鳄）生活在中国，非常罕见，另外一种生活在北美洲。凯门鳄生活在中美洲和南美洲。鼍、凯门鳄与真鳄长得几乎一样，很难区分。一个最简单的辨别方式是观察它们闭嘴时牙齿的形态，观察时千万不要靠得太近！如果你能看到下鄂上有牙齿在上鄂的凹陷处伸出，这条鳄鱼就是真鳄；如果看不到，那它肯定就是鼍或者凯门鳄。

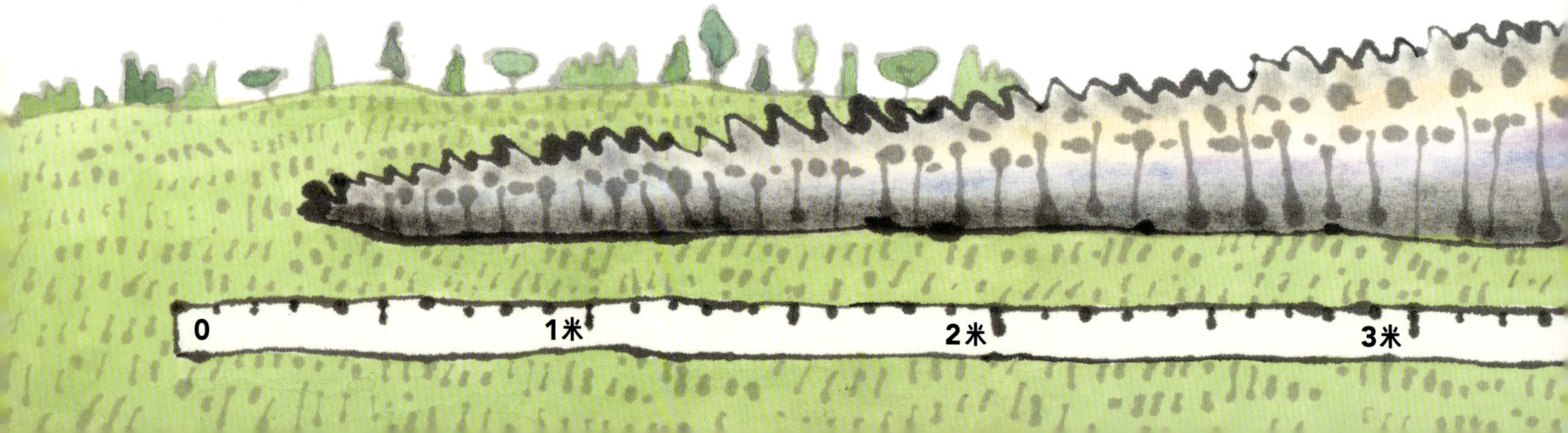

索引

你可以使用索引表查询鳄鱼的相关知识。

书中有两种字体，**这种**和**这种**，都要阅读哟！

写给家长

与孩子们分享书籍是帮助他们学习阅读的最佳方式之一。《自然故事：亲子时光》是一套自然知识绘本，插图精美，屡获奖项。这套书重点描绘动物，对孩子们有非常强烈的吸引力。孩子们通过反复阅读和体会这套绘本，或许可激发对一个主题的兴趣，进而深入思考和探索，发现更多知识。

每本书都是对现实世界的一次历险，既丰富了孩子们的阅历，又培养了他们的好奇心和理解能力——这是最好的学习方式。

这本《自然故事》属于：

献给我的爸爸和妈妈

——简·麦吉尼斯

图书在版编目（CIP）数据

你好，刺猬！ /（英）简·麦吉尼斯著绘 ； 于特译
. -- 福州 ： 海峡书局，2023.6
（自然故事. 亲子时光）
ISBN 978-7-5567-1079-9

Ⅰ. ①你… Ⅱ. ①简… ②于… Ⅲ. ①儿童故事一图
画故事一英国一现代 Ⅳ. ①I561.85

中国国家版本馆CIP数据核字（2023）第080313号

著作权合同登记号　图字：13-2023-054

浪花朵朵

你好，刺猬！

[英]简·麦吉尼斯 著绘　于特 译

海峡出版发行集团 | 海峡书局

你听到了吗？仔细听！

有什么动物在**抽鼻子**、**在闻**、

在找东西……

“呼呼、吱吱、咕噜咕噜……”

一阵令人愉快的喧闹声传来。

这只动物长得小小的，浑身是刺。

你好，刺猬！

刺猬身上又尖又硬的“毛”是棘刺，由一种和人类指甲类似的物质组成。当她感到平静、放松时，身上的刺会倒伏下来，这时摸她的话，手不会被扎到。

一只刺猬身上的棘刺多达5000根。刺会在长出约一年之后脱落，然后在原先的位置长出新刺。

但是，当她感到紧张或害怕时，她会把刺竖起，头朝腹部弯曲，紧缩成一个球。这时千万要小心！

遇到天敌时，刺猬会蜷缩成一个球，
来保护柔软的腹部免受伤害。

刺猬是夜行动物，它们通常白
天睡觉，夜晚出来活动。

太阳下山了，你爬上床钻进了被窝，而刺猬的一天才刚刚开始。她爬出巢穴，开始忙碌起来，在灌木丛里穿行，找寻食物。

刺猬的眼睛小而明亮。不过，对于在黑暗中通过嗅闻气味寻找食物的刺猬而言，灵敏的鼻子更好用。

刺猬一路嗅着气味回到了巢穴。这是一处安全、僻静的居所，里面温暖、舒适，住着她的宝宝们。她喂养他们，把他们清理得干干净净，守候着他们安然入睡。

刺猬通常一窝可产3~6只幼崽。

刺猬幼崽一开始喝母乳，
稍长大些才能吃固体食物。

幼崽刚出生时全身粉红、没
有毛，长着白色的软软的
刺，既听不到也看不到。

几周后，刺猬宝宝长出了软毛和牙齿，身上的刺也变得越来越硬。现在，他们能离开巢穴，跟着妈妈在附近走走了。

在接下来的十多天里，刺猬妈妈
会教刺猬幼崽怎样捕食。

很快，刺猬宝宝们就准备好独自探索广阔的世界了。

他们在倒地的树枝间爬上爬下，在矮树篱下拨来拨去，每一只小刺猬都在寻觅适合建新家的好地方。

在寻觅的过程中，他们需要运气。因为外面的世界暗藏各种各样的危险，比如马路上过往的车辆和饥饿的獾。

这只小刺猬朝公园走去，在那儿能找到足够的食物。

小刺猬虽然个头小，但胃口非常大。

有时一个晚上，他会走出很远（远达1.6千米），一路上都在 嗅啊，嗅啊，嗅啊 ，找吃的。

刺猬的四肢比人们想象中的要长，它们跑起来最快能达到人走路的速度。

小刺猬最喜欢的食物可不是你喜欢吃的。

刺猬主要吃蚯蚓、蛞蝓、昆虫和蜘蛛，但偶尔也会吃鸟蛋、青蛙、鱼和水果。

小刺猬吃啊，吃啊，吃啊，吃过了夏天，吃到了秋天。

他的个头越来越大，身上的脂肪也越来越多，这下可不用为
过冬担心了。冬天一到，周围就找不到什么食物了。

深秋，小刺猬给自己建了一个巢穴。

他四处搜集干枯的树叶、柔韧的细枝、绵软的苔藓，

把它们堆得高高的，叠得密密的，最后建成了一个坚固又保暖的巢穴。

天气越来越冷了，小刺猬的肚子圆鼓鼓的，他已经吃饱了，是时候钻进温暖的巢穴里美美地睡一大觉了。

一些种类的刺猬会在睡眠中度过整个冬天，这种现象被称为“冬眠”。冬眠时，刺猬从夏天开始储存在体内的脂肪就派上了用场，它们转化成能量，被慢慢地消耗掉。

晚安，小刺猬。

明年春天见！

让我们的家园适宜刺猬生存

过去，乡村里到处都看得见刺猬，但现在那里的刺猬越来越少。因此，尽我们所能去保护它们显得越发重要。在城镇，刺猬要从一个花园穿到另一个花园去并不容易，我们可以在篱笆和矮树篱上留出小洞，作为“刺猬小道”。如果你的花园里有小水池，记得在水池边安置木制坡道（用小块的木板就可以），这样去水池里游泳的刺猬就能够借助坡道安全地爬出来。

你也可以在花园里留一些水和食物（刺猬喜欢用肉做成的食物，猫粮就不错），或者建一座刺猬小屋。刺猬喜欢住在阴暗、舒适的地方，所以要留心检查枯叶堆和干柴堆里是否有刺猬，以免惊扰它们。如果你碰巧路过一个刺猬巢穴，别去碰巢上的枯叶和细枝，把它留在原地就好。

如果你发现需要救助的刺猬，请联系当地野生动物保护组织，工作人员会给出注意事项和建议。

索引

你可以使用索引表查询刺猬的相关知识。

书中有两种字体，**这种**和这种，都要阅读哟！

写给家长

与孩子们分享书籍是帮助他们学习阅读的最佳方式之一。《自然故事：亲子时光》是一套自然知识绘本，插图精美，屡获奖项。这套书重点描绘动物，对孩子们有非常强烈的吸引力。孩子们通过反复阅读和体会这套绘本，或许可激发对一个主题的兴趣，进而深入思考和探索，发现更多知识。

每本书都是对现实世界的一次历险，既丰富了孩子们的阅历，又培养了他们的好奇心和理解能力——这是最好的学习方式。

这本《自然故事》属于:

献给奥菲、科拉和帕德里克

——贾斯汀·安德森

献给查理·彼得·希尔

——帕特里克·本森

图书在版编目（CIP）数据

雪豹妈妈 / （英）贾斯汀·安德森著 ；（英）帕特里克·本森绘 ；于特译. -- 福州 ：海峡书局，2023.6
（自然故事. 亲子时光）
ISBN 978-7-5567-1079-9

Ⅰ. ①雪… Ⅱ. ①贾… ②帕… ③于… Ⅲ. ①儿童故事－图画故事－英国－现代 Ⅳ. ①I561.85

中国国家版本馆CIP数据核字(2023)第080315号

著作权合同登记号　图字：13-2023-054

浪花朵朵

雪豹妈妈

[英]贾斯汀·安德森　著
[英]帕特里克·本森　绘
于特　译

海峡出版发行集团 | 海峡书局
THE STRAITS PUBLISHING & DISTRIBUTING GROUP

喜马拉雅高山地区有一种神秘的动物，这种动物行踪隐秘，是山地生态系统的顶级捕食者，被称为“雪山之王”。

当地人说这种动物非常稀有，没那么容易被找到，如果恰巧被我遇见了，那真是相当幸运……

我和向导离开了村子，一起朝高山行进。我们的旅行开始了。

我们一步挨一步，慢慢地向上攀爬，山坡越来越陡。

突然，就在我们前面的雪地上出现了动物的踪迹。一串脚印一直向上延伸到山脊。

前方岩石之间，有什么在动。

我的手开始颤抖，心跳也开始加速。但我告诉自己一定要稳住，不要发出任何声响。

雪山之王生活的山区海拔高达5000多米。在海拔如此高的地方，空气中的氧气含量只有我们平时呼吸的一半，因此爬山时我们总是上气不接下气。

那儿，就在不远处，有……

一只雪豹!

她的皮毛是灰白色和浅金黄色的，上面点缀着黑色的环形斑纹。雪豹很容易隐入岩石间。她身上的环形斑纹乍看上去像石块和大岩石投下的斑驳暗影，而她的腹部是浅色的，和大地的颜色一样，这些色彩组合起来使她的身体完美融进了自然景色中。

雪豹的活动区域广阔，面积可达1000平方千米，要追踪它们非常困难。

雪豹舔了舔脚掌。她的脚掌很大，像是穿着超大号的鞋。大大的脚掌可以分摊身体的重量，即使穿越最厚的雪地，雪豹也不会陷进雪里。

若是能走上前去伸手摸一摸雪豹的毛，仅仅一个指尖下面可能就有4000多根。雪豹脚底的肉垫之间也长着厚厚的毛，这些毛不仅可以为雪豹保暖，还能防止它们在结冰的岩石上行走时打滑。

在山里，天气瞬息万变。

一阵寒风刮来，晶莹的雪花开始飘落，雪豹蜷缩起来，用尾巴把四只脚掌围住，就像给脚掌裹上了一条暖和的围巾。她又把鼻子埋进那浓密的带斑纹的毛里。

在猫科动物中，雪豹的尾巴是最长的。尾巴对于雪豹来说，并不只是一条神奇的围巾，当雪豹在岩石间敏捷地跳跃、追逐猎物时，尾巴能帮助雪豹保持平衡。

暴风雪停了，雪豹站起来，抖落身上的积雪，伸展四肢，打了个哈欠。

我们静静地观察着，她走到一块凸出的岩石底下，没有继续向前，而是开始在石头上摩擦脸颊，然后转过身，竖起尾巴，朝岩石撒了一泡尿。这是她留给同类的气味信息。通过气味标记，生活在广袤山区的雪豹即使未曾碰面，也能彼此保持联络。

研究雪豹的科学家把这种信息称为“尿液邮件”，他们认为通过气味信息，雪豹能识别出对方的年龄、性别，以及“邮件”是多久之前留下的。

突然，蹄子踩踏的“咔嗒”声和碎石滑落的“哗啦”声响起，打破了刚才的宁静。不是所有生活在山区的动物，都像雪豹一样行动起来悄无声息。

原来在凸岩下方的斜坡上，刚好有六只北山羊走过。雪豹窥视着他们，此刻，她饿了。

她偷偷地向他们靠近。借助毛色的伪装，雪豹完全成为了山坡的一部分。

雪豹捕食北山羊、岩羊、山鹑、土拨鼠，有时也会捕食山羊和牦牛。在追捕猎物的过程中，雪豹能一下子跳跃到九米远的地方。

她绷紧背部肌肉，等待时机，发出致命一击。

但北山羊似乎察觉到了。他们大声叫着，互相警告，快速地跑开了，踢落的碎石滚落下来，发出像雨点一样的“噼里啪啦”声。

原来是另外一只雪豹出现了。她是雪豹的孩子。

小雪豹的个头差不多和妈妈一样大了，不过在妈妈狩猎时如何安静地待在一旁观摩，她仍要多多学习。

大约两年前，小雪豹出生了，那时她的眼睛还未睁开，对世界一无所知。她待在隐秘的洞穴中，趴在雪豹妈妈用自己的毛铺就的温暖小窝里。

出生后的第七天，小雪豹第一次睁开了眼睛。她的眼睛很大，是蓝色的。她还没有一罐豆子重，不过在母乳的喂养下长得很快。

最初，小雪豹的眼睛是蓝色的，很漂亮，但随着长大，颜色会逐渐变为浅绿色或灰色。这种颜色的眼睛在大型猫科动物中比较少见，大型猫科动物的眼睛通常是黄色或金色的。

两个月大的时候，小雪豹开始吃肉，之后又过了一个月，小雪豹能离开洞穴了。此后她紧紧跟随雪豹妈妈，学习各种生存本领，不过用不了多久，她就要在这片山里独自生存了。

很多小雪豹会在同一天过生日，因为这一地区所有的雪豹宝宝几乎都集中在六月和七月出生。

然而这一刻，她俩亲密地依偎在一起，用鼻子互相蹭着。小雪豹打了几个哈欠，母女俩晒着少得可怜的阳光，打起盹儿来。她们把尾巴交缠在一起，好像握住了彼此的手。

我简直不敢相信自己的眼睛，我居然一下子看到了两只雪豹。真是太幸运了！

在雪豹刚独立的第一年，它们往往需要跋涉40多千米，寻找属于自己的领地。

太阳西沉时，雪豹醒了，她们慢慢地往山的高处爬去，到了我们无法跟着去的地方。有那么一会儿，我以为她们已经走远，看不到了。但紧接着我看到一个小小的身影，伫立在山顶。那是雪豹妈妈，她开始吟唱，叫声在山间回荡，而后消逝在风中。然后她离开了……

雪山之王消失了。

高山再次恢复宁静。

关于雪豹

在世界自然保护联盟（IUCN）濒危物种红色名录中，雪豹属于易危级别，也就是说野生雪豹面临绝灭的几率较高。

随着居住在山区的人口逐渐增多，每年有许多雪豹被捕杀。有的被保护家畜的牧民捕杀，有的被偷猎者猎杀。偷猎者杀死雪豹后把它们的皮毛卖掉，因为雪豹的皮毛能被做成暖和的外套和帽子。

动物保护组织正在采取措施和当地的山区居民一起保护雪豹。在喜马拉雅山区，一些旨在增进山区居民和雪豹之间友好关系的项目正在实施。例如，当地居民可以制作雪豹模型玩具售卖。

气候变化也给雪豹的生存带来了威胁。在喜马拉雅山区，气温上升的速度要快于全球平均速度。积雪正在融化，促使雪豹不得不迁往海拔更高的山区，那里的生存空间更小，也远离其他动物。一项预测显示，在未来的五十年里，雪豹的栖息地将减少一半。

索引

你可以使用索引表查询雪豹的相关知识。

书中有两种字体，这种和这种，都要阅读哟！

写给家长

与孩子们分享书籍是帮助他们学习阅读的最佳方式之一。《自然故事：亲子时光》是一套自然知识绘本，插图精美，屡获奖项。这套书重点描绘动物，对孩子们有非常强烈的吸引力。孩子们通过反复阅读和体会这套绘本，或许可激发对一个主题的兴趣，进而深入思考和探索，发现更多知识。

每本书都是对现实世界的一次历险，既丰富了孩子们的阅历，又培养了他们的好奇心和理解能力——这是最好的学习方式。